SUPERANDO OS MEDOS DE A a Z

© LITERARE BOOKS INTERNATIONAL LTDA, 2021.
Todos os direitos desta edição são reservados à Literare Books International Ltda.

PRESIDENTE
Mauricio Sita

VICE-PRESIDENTE
Alessandra Ksenhuck

DIRETORA EXECUTIVA
Julyana Rosa

DIRETORA DE PROJETOS
Gleide Santos

RELACIONAMENTO COM O CLIENTE
Claudia Pires

EDITOR
Enrico Giglio de Oliveira

ASSISTENTE EDITORIAL
Luis Gustavo da Silva Barboza

REVISORA
Ivani Rezende

PROJETO GRÁFICO
Lucas Yamauchi

IMPRESSÃO
DRUCK Gráfica

Dados Internacionais de Catalogação na Publicação (CIP)
(eDOC BRASIL, Belo Horizonte/MG)

M423s	Mastine, Iara. 　　Superando os medos de A a Z / Iara Luisa Mastine, Cristiane Rayes – São Paulo, SP: Literare Books International, 2021. 　　21 x 28 cm ISBN 978-65-5922-243-8 　　1. Ficção brasileira. 2. Literatura infantojuvenil. I. Rayes, Cristiane. II. Título 　　　　　　　　　　　　　　　　　　　　　　　　　CDD 028.5

Elaborado por Maurício Amormino Júnior – CRB6/2422

LITERARE BOOKS INTERNATIONAL LTDA.
Rua Antônio Augusto Covello, 472
Vila Mariana — São Paulo, SP. CEP 01550-060
+55 11 2659-0968 | www.literarebooks.com.br
contato@literarebooks.com.br

Cristiane Rayes
Iara Luisa Mastine

SUPERANDO OS MEDOS DE A a Z

ilustrado por
Santuzza Andrade

Dedicatórias

Cristiane Rayes

Dedico este livro sempre aos meus pais, Mansur e Heloísa, com toda gratidão. Aos meus eternos amores, meus filhos Mariana e Vitor, fontes de minha inspiração e fortalecimento. Ao meu marido, Márcio, por toda cumplicidade e respeito. Aos meus queridos sobrinhos, irmãos, cunhada e a todos aqueles que sentem medo, permitindo-se viver e acolher suas emoções com sabedoria.

Iara Luisa Mastine

Dedico este livro a todas as crianças que passam ou passaram por situações de medo, em especial aquelas famílias que tive a honra de acolher! Hoje acolho os medos das famílias pois um dia meus pais me auxiliaram a encarar meus medos. Encarar não é acabar com os medos, mas olhar para eles e tomar uma atitude coerente. Por isso dedico este livro, em especial, aos meus amados pais, Regina e Aldemar, por serem meu exemplo de superação e coragem. Muito obrigada querido irmão, Cesar, por estar sempre ao meu lado e muito obrigada querida filha, Anna Júlia, por me deixar mais corajosa após a maternidade, pois é na maternidade que os medos se intensificam, e é na maternidade que encontramos verdadeiramente a coragem e a superação para proteger nossos filhos! E muito obrigada Guto, por me encorajar sempre a ir além... amo vocês!

Santuzza Andrade

Por várias vezes, quando estava ilustrando este livro, lembrava muito de minha única irmã, Alessandra, uma das pessoas que conheço que mais superou o medo, que mostrou muita força nas adversidades da vida. Lutou bravamente para enfrentar seus temores. Leca, dedico as ilustrações deste livro, que foi tão gostoso de ilustrar, a você. Eu te amo!

Como usar este livro

O duende Az construiu alternativas para superar seus medos, percorrendo o alfabeto de A a Z. Aprenda com o duende Az e, ao final, crie os próprios recursos completando o livro com maneiras que o ajudem a se sentir mais confiante e seguro.

Você pode optar por uma maneira ou por várias, o importante é ampliar seu alfabeto da superação.

Após escolher uma palavra, escreva-a no espaço reservado como ela poderá ajudá-lo(a). Pensar na ação é meio caminho andado para a materialização desse acontecimento.

Disponibilizamos uma lista de palavras que você poderá usar para ampliar seu repertório e pensar em novas possibilidades. Antes de recorrer a essa lista, olhe para o seu interior e tente resgatar as coisas simples, que parecem óbvias, mas são fundamentais para o fortalecimento da autoconfiança.

Vamos percorrer essa aventura pelo alfabeto do encorajamento com o duende Az?

Superando os medos de A a Z.

Olá! Eu sou o Az e quero ajudá-lo(a) com seus medos.

O medo é uma emoção que muitas vezes não gostamos de sentir, mas ele também serve para nos proteger e nos alertar sobre os perigos. Um pouco de medo não faz mal a ninguém. O medo só é ruim quando nos paralisa e não conseguimos seguir em frente.

Todos nós sentimos medo. Seu pai, sua mãe, amigos e até os animais sentem medo. Não é vergonhoso sentir medo, então não guarde seus medos em segredo. O segredo faz com que você não consiga pedir ajuda.

Eu já tive medo de escuro, de monstros, de bichos, de me perder, de entrar na escola nova, medo dos meus pais não me buscarem na escola, de tirar notas baixas e muitos outros.

Encontrei algumas formas de lidar com meus medos e vou contar como fiz para enfrentar e vencer alguns deles. Peço que você reflita, encontre a própria forma para se sentir melhor e conte para seus amigos, família, professores. Enfim, você também pode ajudar alguém com suas dicas.

Vamos passear pelo alfabeto?

A

AJUDA

Muitas pessoas podem nos ajudar a enfrentar nossos medos. Com quem você pode contar?
Quando sinto medo e não sei o que fazer, não me envergonho em falar sobre meus sentimentos e pedir ajuda. Ter pessoas em quem confio ao meu lado, que me deem a mão, que me acolham, faz com que eu me sinta mais fortalecido e, assim, aos poucos, vou vencendo meus medos, preocupações e inseguranças.
Adoro o colinho da mamãe! Faz eu me sentir seguro e protegido.

BRINCAR

Uma forma divertida que encontrei de expressar e entender mais sobre meus medos foi brincando com meu ursinho Xodó. Brincar também me distrai e alivia minhas tensões e preocupações.
Alguns brinquedos trazem a sensação de segurança e nos encorajam.
Você tem algum objeto preferido que o(a) tranquiliza?
Eu gosto de ter meu ursinho por perto quando vou enfrentar as situações desafiadoras. Ele me torna mais confiante.

CORAGEM

Quando olho para minhas qualidades, capacidades e me lembro dos momentos difíceis que já enfrentei, eu me sinto confiante e com coragem para vencer algumas situações. Sempre é bom lembrar que coragem não é a ausência de medo, mas a força para agir.
O mais importante é saber que, independentemente do resultado, suas atitudes valem muito.
Eu gosto de lembrar das minhas vitórias.

DESENHOS

Adoro desenhar, assim eu me sinto relaxado e consigo olhar para os meus medos de forma criativa.
Desenhando, descobri que os monstros não eram tão assustadores como eu imaginava.
Foi muito legal desenhar monstros engraçados, eles passaram a ser meus amigos.

ENFRENTAR

Ah ... enfrentar!
Posso enfrentar os medos aos poucos, respeitando meu tempo, meus limites e escolhendo os desafios. Os medos e preocupações fazem parte da vida e podemos encontrar maneiras de aprender a lidar com eles e nos sentirmos mais seguros.
Para vencer o medo de escuro, comecei passeando pela casa com uma lanterna. Foi muito divertido!

FALAR SOBRE OS MEDOS

Quando falo sobre meus medos, descubro que outras pessoas também sentem. Assim, me identifico com elas, me sinto mais acolhido e compartilho minhas experiências com liberdade.

Gosto de conversar com meus amigos e descobrir os medos deles. Ajudamos uns aos outros com nossas trocas de experiências.

GARRA

Ter garra significa ter vontade e não desistir, mesmo sentindo medo.
Algumas vezes não posso evitar e vou com medo mesmo, mas por fim descubro que a garra é muito importante e me traz superação.
Tenho medo de altura, mas escalo a montanha com garra.

HÁBITOS SAUDÁVEIS

Alimentação saudável, atividades físicas e dormir no horário combinado fazem bem para minha saúde. Quando cuido de mim, me sinto fortalecido.
Respeitar a rotina e evitar o excesso de tela fazem com que eu tenha um sono mais tranquilo.
Assisto aos programas e uso jogos de acordo com a minha idade.

I IMAGINAÇÃO

No combate ao medo, vale construir um escudo poderoso, fazer uma varinha mágica, a roupa do super-herói, dramatizar as situações, construir um calendário com atitudes positivas, se olhar no espelho e se admirar. Enfim, use e abuse da sua criatividade. Dê asas à imaginação.
Gosto de imaginar que minha pedra é poderosa e me protege.

J

JULGAR

Não preciso ficar me julgando ou julgando os outros pelos medos que eles têm. Aceitar meu jeito de ser e não me comparar aos outros fortalece minha autoestima e me deixa mais seguro.
Eu sentia vergonha de ter medo de palhaço. Hoje eu não me importo com o que os outros falam sobre isso. Estou vencendo meu medo devagar.

Kkkkkk

Sorrir, ter senso de humor frente à ansiedade e ao medo torna as situações e emoções mais leves e divertidas. Levar as coisas na brincadeira me faz bem, até quando alguém ridiculariza meus medos. Muitas vezes eu transformo meus medos em algo engraçado e eles parecem menores do que eu imaginava.

LER

As histórias infantis me ajudam a perceber quanto meus medos são reais ou imaginários. Eu me divirto, aprendo e adoro os exemplos e reflexões que a leitura me traz. Eu me inspiro em muitos personagens, como os 3 Porquinhos. Eles encontraram uma boa forma de se proteger e se defender do lobo, mesmo sentindo medo.

METAS

Preciso conhecer meus medos para pensar nas metas que devo traçar. Posso fazer uma lista dos meus medos, entender o que é real, escolher uma situação e como consigo enfrentá-la.
Construí uma caixinha especial com minhas atitudes de coragem.

NÃO DESISTIR

Não tem importância se hoje não deu certo, o importante é não desistir. Tem dias que tudo flui e me sinto mais determinado e corajoso, mas tem dias que preciso de atenção e carinho para retomar minha confiança ou encontrar novos caminhos.
A vida não é feita só de conquistas. Passo a passo, chegarei lá.
Tenho medo de perder no jogo, mas não desisto de brincar.

OTIMISMO

Nossos pensamentos interferem em nossas ações, por isso é importante manter os pensamentos positivos.
Pensar com otimismo é acreditar que pode dar certo.
Escrevo frases positivas e coloco no painel do meu quarto.

PENSAMENTOS

Nossos pensamentos provocam emoções e interferem em nossos comportamentos. Se eu penso que o monstro vai me pegar, me sinto apavorado e vou correndo para o quarto dos meus pais, mas se eu pensar que o monstro é meu amigo, fico tranquilo no meu quarto.
Adoro verificar meus pensamentos e perceber que posso modificá-los para me sentir melhor.

R RESPIRAR

Respirar profunda e lentamente é um excelente exercício nos momentos de medo, ansiedade e insegurança. Respirar relaxa nosso corpo e traz a agradável sensação de tranquilidade e paz. Quando percebo que estou com medo, logo me lembro de respirar calmamente.

SENSAÇÕES

Nosso corpo é um excelente indicador das nossas emoções. Quando sinto pavor, minhas pernas tremem; quando sinto raiva, meu rosto fica quente; quando sinto tristeza, falo baixinho. Você reconhece as sensações do seu corpo?
Eu gosto de fazer massagem no meu corpo com uma bolinha, me sinto mais relaxado.

TER OPÇÕES

Você pode criar sua técnica, seu modo de lidar com seus medos, como meditar, fazer exercícios de respiração, imaginar, desenhar, conversar sobre eles e pedir ajuda.
Dramatizar também é bem legal. Faço cenas de teatro, é bem divertido, me fortalece e me faz pensar em soluções.

U UNIR

Tenha certeza de que nunca estará sozinho. Observe como as pessoas superaram os próprios medos e aprenda com elas.
Se você já superou algum medo, procure ajudar alguém.
Quando você ajuda um amigo, está ajudando a você mesmo.
Juntos, somos mais fortes.
Gosto de ouvir as histórias dos medos da vovó.

VOCABULÁRIO EMOCIONAL

Conhecer suas emoções ajuda a entender e identificar o que você está sentindo. Você conhece essas emoções: ansiedade, pânico, pavor, insegurança, vergonha e preocupação?
Se eu reconheço minhas emoções, fica mais fácil saber como agir. Quando vou dormir na casa de um amigo, procuro entender como estou me sentindo: se estou com medo, inseguro, feliz ou ansioso.

WONDERFUL (MARAVILHOSO)

Sou maravilhoso na minha forma de ser. Posso comemorar minhas atitudes de coragem e os medos que venci. Sei que sou capaz, que consigo conversar, pedir ajuda, brincar com meus medos e ajudar alguém.
Tudo isso fortalece minha autoestima e confiança.
Gosto de olhar no espelho e pensar em tudo que posso ser.

XÔ, MEDO

Posso mandar meus medos embora de várias maneiras, principalmente os que não são reais. O que você faz para espantar seus medos?
Eu gosto de escrever, desenhar, amassar o papel e jogar no lixo.

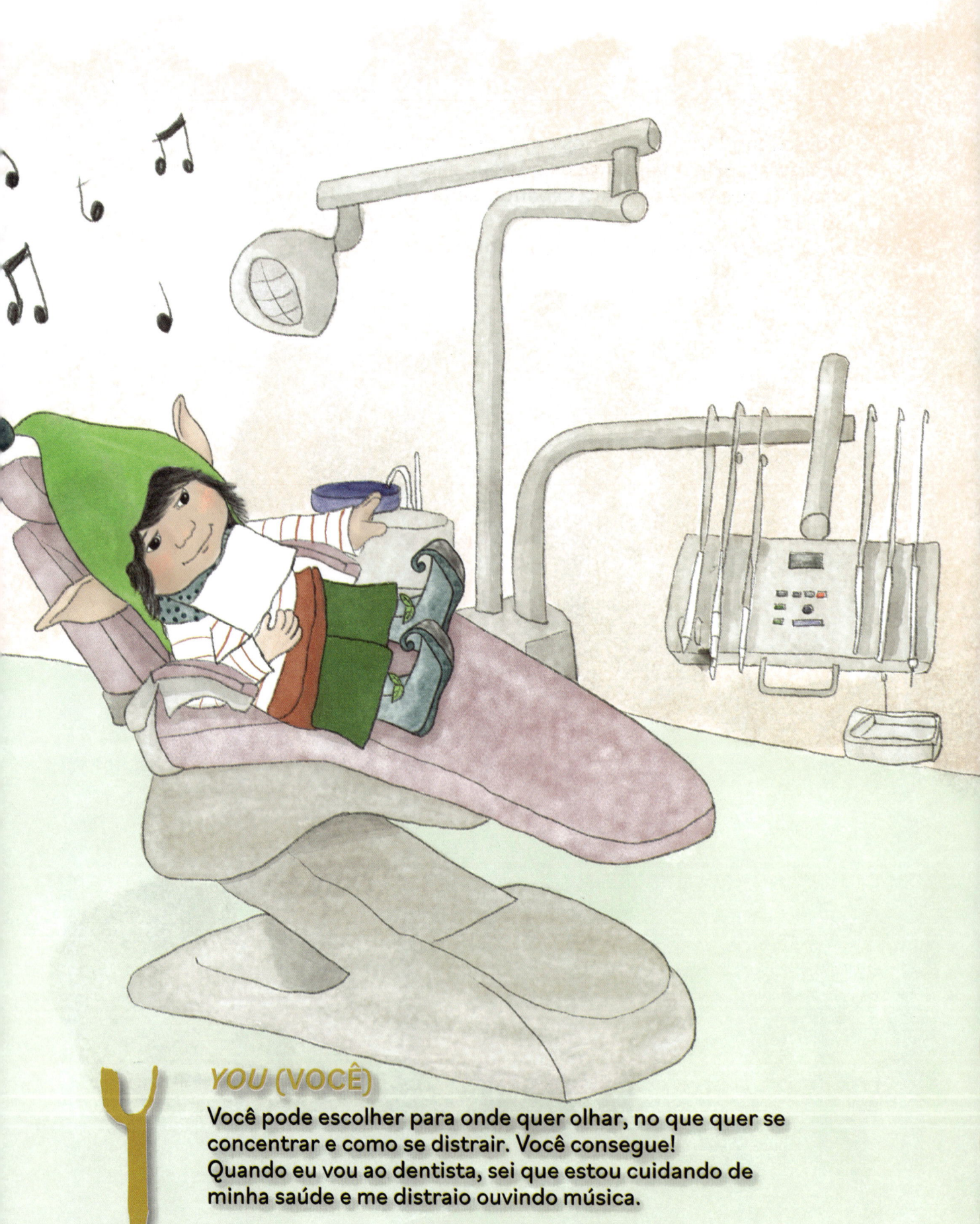

YOU (VOCÊ)
Você pode escolher para onde quer olhar, no que quer se concentrar e como se distrair. Você consegue!
Quando eu vou ao dentista, sei que estou cuidando de minha saúde e me distraio ouvindo música.

Z

ZZZ

Durma bem, relaxe, descanse, mas antes aproveite sua cama quentinha para fazer a oração que traz fé, força e esperança. Agradeça pelo seu dia, pelos momentos felizes e pelas situações que superou.

Uma boa noite de sono me deixa com mais energia para o meu dia.

Agora é a sua vez!

Complete o livro com suas ideias e tudo aquilo que pode ajudá-lo(a) a superar seus medos. Você pode pensar em ações, pessoas, brincadeiras e recursos que incentivam sua coragem e confiança.
Reflita sobre o que faz você se sentir melhor ou defina metas para o que gostaria de vencer. Você consegue!
Vamos começar?

Escreva aqui o que te ajuda:

Sua letra "A" _____

Como ajuda você: _____

_____

E com a letra B, escreva aqui o que te ajuda:

Sua letra "B" _____

__Como ajuda você: _____

_____

E com a letra C? Escreva aqui o que te ajuda:

Sua letra "C" _____

__Como ajuda você: _____

_____

E com a letra D? Escreva aqui o que te ajuda:

Sua letra "D" _____

__Como ajuda você: _____

_____

E com a letra E? Escreva aqui o que te ajuda:

Sua letra "E" _____

__Como ajuda você: _____

_____

E com a letra F? Escreva aqui o que te ajuda:

Sua letra "F" _____

Como ajuda você: _____

_____

E com a letra G? Escreva aqui o que te ajuda:

Sua letra "G" _____

__Como ajuda você: _____

_____

E com a letra H? Escreva aqui o que te ajuda:

Sua letra "H" _____

__Como ajuda você: _____

_____

E com a letra I? Escreva aqui o que te ajuda:

Sua letra "I" _____

Como ajuda você: _____

_____

E com a letra J? Escreva aqui o que te ajuda:

Sua letra "J" _____

Como ajuda você: _____

_____

E com a letra K? Escreva aqui o que te ajuda:

Sua letra "K" _____

Como ajuda você: _____

_____

Agora com a letra L? Escreva aqui o que te ajuda:

Sua letra "L" _____

Como ajuda você: _____

_____

E com a letra M? Escreva aqui o que te ajuda:

Sua letra "M" _____

Como ajuda você: _____

_____

E com a letra N? Escreva aqui o que te ajuda:

Sua letra "N" _____

__Como ajuda você: _____

_____

Agora com a letra O? Escreva aqui o que te ajuda:

Sua letra "O" _____

__Como ajuda você: _____

_____

E com a letra P? Escreva aqui o que te ajuda:

Sua letra "P" _____

__Como ajuda você: _____

_____

E com a letra Q? Escreva aqui o que te ajuda:

Sua letra "Q" _____

__Como ajuda você: _____

_____

Agora com a letra R? Escreva aqui o que te ajuda:

Sua letra "R" _____

__Como ajuda você: _____

_____

E com a letra S? Escreva aqui o que te ajuda:

Sua letra "S" _____

Como ajuda você: _____

_____

E com a letra T? Escreva aqui o que te ajuda:

Sua letra "T" _____

Como ajuda você: _____

_____

E com a letra U? Escreva aqui o que te ajuda:

Sua letra "U" _____

Como ajuda você: _____

_____

Agora com a letra V? Escreva aqui o que te ajuda:

Sua letra "V" _____

Como ajuda você: _____

_____

E com a letra W? Escreva aqui o que te ajuda:

Sua letra "W" _____

Como ajuda você: _____

_____

E com a letra X? Escreva aqui o que te ajuda:

Sua letra "X" _____

Como ajuda você: _____

_____

E com a letra Y? Escreva aqui o que te ajuda:

Sua letra "Y" _____

Como ajuda você: _____

_____

E com a letra Z? Escreva aqui o que te ajuda:

Sua letra "Z" _____

Como ajuda você: _____

_____

Lista de apoio

A
Abraço
Aceitação
Acolhimento
Acreditar
Afeto
Afirmação
Amizade
Amor-próprio
Assertividade
Atividades físicas
Autoconhecimento

B
Bom humor
Bem-estar

C
Calma
Capacidade
Celebrar
Comemorar
Comunicação
Companhia
Confiança
Conhecer nossos medos
Cooperação
Criatividade
Coragem
Competência
Conquista

D
Dedicação
Descoberta
Desejo
Determinação
Disciplina
Distração
Diversão

E
Elogio
Emoções
Encorajamento
Energia
Enfrentamento
Entusiasmo
Escolhas
Escuta
Esperança
Estratégias
Exercícios
Experiências
Explorar

F
Família
Fé
Festejar
Flexibilidade
Foco
Força

G
Gentileza
Gratidão
Grandiosidade

H
Habilidades
Harmonia
Heroísmo
Honestidade
Honra
Humildade
Humor

I
Ideal
Ideias
Imaginação
Inspiração
Inteligência
Intenção
Interesse
Intuição

J
Jeito de encarar
Jogar

K
KKKK - rir do que desejar

L
Laços familiares
Liberdade de escolha
Liderança
Lógica
Lutar
Luz

M
Meditar
Melhorar
Mindfulness
Modéstia
Motivação
Movimento
Mudança

N
Necessidades
Negociação
Novidade

O
Orientação
Organização
Orgulho
Originalidade
Ousadia

P
Paciência
Paz
Pensamentos
Perseverança
Persistência
Piadas
Positividade
Possibilidades
Presença
Progresso
Proteção

Q
Qualidades
Querer

R
Realidade
Realização
Recurso
Regulação
Relaxamento
Repouso
Resiliência
Resolução
Respeito
Responsabilidade
Rotina

S
Sabedoria
Satisfação
Segurança
Sensibilidade
Sentimentos
Simpatia
Sinceridade
Sorrir
Sonhos
Socializar
Superação

T
Tempo
Terapia
Testar
Tolerância
Trabalho em equipe
Transformação
Tranquilidade

U
Um passo de cada vez
Único

V
Valentia
Validar
Valorização
Vantagens
Verificar
Verdade
Vitória
Virtudes
Visão

W
What – questionar
Webcam (gravar um vídeo)
WOW – celebrar

X
Xodó (objeto de apego)
Xuxuzinho – apelido carinhoso

Y
Yes – sim (encarar seus medos)
Yoga
You – você (focar em você)
Yeah – grito de comemoração

Z
ZZZZZ – descansar, relaxar, sonhar.

Sugestões para pais, professores e profissionais

Nessa jornada pelo abecedário, o duende Az demonstrou formas de superação dos medos. Trabalhar o autoconhecimento possibilita a autorregulação das emoções e a escolha das atitudes.

Ao falar sobre medo, é importante ressaltar que essa emoção faz parte da vida e é necessário respeitar as características e o modo de ser de cada pessoa. Conheça as características, potencialidades e dificuldades de cada um.

Além da proposta do livro, você pode criar outras maneiras de desenvolver a autoconfiança nas crianças. Aproveite para fortalecer a sua também.

Explore estas maneiras de desenvolver autoconfiança nas crianças:

- crie cumplicidade por meio de toque, carinho, afinidade, empatia, diálogo, voto de confiança no potencial das crianças;
- permita que as crianças confiem em você. Não saia expondo para os outros as fraquezas, as dificuldades e os segredos delas. É muito bom ter em quem confiar;
- incentive as crianças a verbalizarem os próprios sentimentos, sem desqualificar nem ridicularizar. Cada ser tem sua forma única de sentir. Compreenda;
- estimule-as a resolver problemas, refletindo sobre as consequências e escolhendo, de forma consciente, a decisão;

- desenvolva uma comunicação positiva, evitando rótulos. Nosso autoconceito também é formado por aquilo que as pessoas que nos importam disseram sobre nós;
- reconheça as atitudes, encoraje a ação;
- confie na criança: a falta de confiança nela é uma forte repreensão e causa da baixa autoestima;
- escute o que a criança tem a dizer sem interromper;
- compartilhe suas experiências. As crianças adoram saber as histórias de seus pais, assim como de seus professores;
- ensine a criança a se comparar com ela mesma (e não com os outros), para ter orgulho de seus progressos e fortalecer-se para novas conquistas;
- evite a pergunta: "o que os outros vão pensar de você?". Adivinhar o que os outros estão pensando não leva a lugar nenhum, além de reforçar a autocrítica, a fragilidade, a culpa e a vergonha da criança;
- ajude as crianças a compreenderem que a vida também é feita de desafios, frustrações, obstáculos que nos fazem crescer. Dê chances para que as crianças vivenciem suas experiências.

Acredite. Siga em frente!

As autoras

Cristiane Rayes é psicóloga clínica e educacional com especializações em Orientação Familiar, Terapia Cognitivo Comportamental entre outras. Atua na área clínica atendendo crianças, adolescentes, adultos e orientação de famílias. Cria e desenvolve projetos, jogos e materiais terapêuticos contando com grandes amigos e parcerias. Considera a família e o amor como essência de sua autoestima, tendo grande admiração por seus pais, Mansur e Heloisa. Seus filhos, Mariana e Vitor, e seu marido, Márcio, a fazem acreditar em seus sonhos, desejar, realizar e ter uma vida repleta de emoções. "Abra a página da confiança" e "Meu amor acompanhará seus caminhos" são frases que utiliza para incentivar seus filhos e que marcaram suas histórias. Ama o mundo da imaginação, que a permite ir para onde e quando quiser em poucos segundos e, assim, deixa fluir sua criatividade, se expressando por meio de formas, bonecos, jogos e histórias repletas de amor e grandes propósitos, que enriquecem sua autoestima.

Iara Luisa Mastine é psicóloga formada pela UNESP, neuropsicóloga formada pelo Albert Einstein e possui outros diversos cursos na área da parentalidade. É apaixonada pelo desenvolvimento infantil e pela possibilidade de criar estratégias terapêuticas. Ser mãe sempre foi um sonho, concretizado com a chegada da Anna Júlia. Atualmente, trabalha com crianças, adolescentes e muitas famílias. Iara acredita que a família é o solo para o encorajamento infantil, por meio de muito cuidado, amor, respeito, valorização e exemplo. Foi assim que aprendeu com seus pais, Aldemar e Regina, com seu irmão Cesar, com sua filha Anna Julia e com seu companheiro de vida, Guto, que a apoiam e a incentivam a acreditar e sonhar!

A ilustradora

As idas às livrarias e papelarias sempre foram os programas favoritos de **Santuzza Andrade**. Quando criança, sua mãe lhe dedicou um quarto especial, onde, em uma parede, ela desenhava e, em outra, revestida com cortiça, ela fixava os seus desenhos. Quando, na parede, já não cabia mais desenhos, ela era pintada de branco. Santuzza, por ser apaixonada por livros, história e arte, estudou Arquitetura na PUC-MG, mestrado em *Interior Space Design* em Londres e *Childrens Book Illustration* em Cambridge. Trabalhou na área de criação dos melhores escritórios de BH, São Paulo e Londres. Hoje, aos 52 anos, resolveu dedicar-se ao mundo mágico e de sonhos da Ilustração.

AZCDEFGH
MSYNKQTZ
OTIMISMOD
LZXYZBUV
CAIJGTNRO

OTIMISMO AZ METAS